臺灣詩學截句選300首

白靈 編選

截句詩系 15

臺灣詩學 25 週年 一路吹鼓吹

（選自「facebook詩論壇」2017年1月至6月）

【總序】
與時俱進・和弦共振
——臺灣詩學季刊社成立25周年

蕭蕭

　　華文新詩創業一百年（1917-2017），臺灣詩學季刊社參與其中最新最近的二十五年（1992-2017），這二十五年正是書寫工具由硬筆書寫全面轉為鍵盤敲打，傳播工具由紙本轉為電子媒體的時代，3C產品日新月異，推陳出新，心、口、手之間的距離可能省略或跳過其中一小節，傳布的速度快捷，細緻的程度則減弱許多。有趣的是，本社有兩位同仁分別從創作與研究追蹤這個時期的寫作遺跡，其一白靈（莊祖煌，1951-）出版了兩冊詩集《五行詩及其手稿》（秀威資訊，2010）、《詩二十首及其檔案》（秀威資訊，

2013），以自己的詩作增刪見證了這種從手稿到檔案的書寫變遷。其二解昆樺（1977-）則從《葉維廉〔三十年詩〕手稿中詩語濾淨美學》（2014）、《追和與延異：楊牧〈形影神〉手稿與陶淵明〈形影神〉間互文詩學研究》（2015）到《臺灣現代詩手稿學研究方法論建構》（2016）的三個研究計畫，試圖為這一代詩人留存的（可能也是最後的）手稿，建立詩學體系。換言之，臺灣詩學季刊社從創立到2017的這二十五年，適逢華文新詩結束象徵主義、現代主義、超現實主義的流派爭辯之後，在後現代與後殖民的夾縫中掙扎、在手寫與電腦輸出的激盪間擺盪，詩社發展的歷史軌跡與時代脈動息息關扣。

　　臺灣詩學季刊社最早發行的詩雜誌稱為《臺灣詩學季刊》，從1992年12月到2002年12月的整十年期間，發行四十期（主編分別為：白靈、蕭蕭，各五年），前兩期以「大陸的臺灣詩學」為專題，探討中國學者對臺灣詩作的隔閡與誤讀，尋求不同地區對華文新詩的可能溝通渠道，從此每期都擬設不同的專題，收集

專文，呈現各方相異的意見，藉以存異求同，即使2003年以後改版為《臺灣詩學學刊》（主編分別為：鄭慧如、唐捐、方群，各五年）亦然。即使是2003年蘇紹連所闢設的「臺灣詩學・吹鼓吹詩論壇」網站（http://www.taiwanpoetry.com/phpbb3/），在2005年9月同時擇優發行紙本雜誌《臺灣詩學・吹鼓吹詩論壇》（主要負責人是蘇紹連、葉子鳥、陳政彥、Rose Sky），仍然以計畫編輯、規畫專題為編輯方針，如語言混搭、詩與歌、小詩、無意象派、截句、論詩詩、論述詩等，其目的不在引領詩壇風騷，而是在嘗試拓寬新詩寫作的可能航向，識與不識、贊同與不贊同，都可以藉由此一平臺發抒見聞。臺灣詩學季刊社二十五年來的三份雜誌，先是《臺灣詩學季刊》、後為《臺灣詩學學刊》、旁出《臺灣詩學・吹鼓吹詩論壇》，雖性質微異，但開啟話頭的功能，一直是臺灣詩壇受矚目的對象，論如此，詩如此，活動亦如此。

　　臺灣詩壇出版的詩刊，通常採綜合式編輯，以詩作發表為其大宗，評論與訊息為輔，臺灣詩學季刊社

則發行評論與創作分行的兩種雜誌，一是單純論文規格的學術型雜誌《臺灣詩學學刊》（前身為《臺灣詩學季刊》），一年二期，是目前非學術機構（大學之外）出版而能通過THCI期刊審核的詩學雜誌，全誌只刊登匿名審核通過之論，感謝臺灣社會養得起這本純論文詩學雜誌；另一是網路發表與紙本出版二路並行的《臺灣詩學・吹鼓吹詩論壇》，就外觀上看，此誌與一般詩刊無異，但紙本與網路結合的路線，詩作與現實結合的號召力，突發奇想卻又能引起話題議論的專題構想，卻已走出臺灣詩刊特立獨行之道。

　　臺灣詩學季刊社這種二路並行的做法，其實也表現在日常舉辦的詩活動上，近十年來，對於創立已六十周年、五十周年的「創世紀詩社」、「笠詩社」適時舉辦慶祝活動，肯定詩社長年的努力與貢獻；對於八十歲、九十歲高壽的詩人，邀集大學高校召開學術研討會，出版研究專書，肯定他們在詩藝上的成就。林于弘、楊宗翰、解昆樺、李翠瑛等同仁在此著力尤深。臺灣詩學季刊社另一個努力的方向則是獎掖

青年學子，具體作為可以分為五個面向，一是籌設網站，廣開言路，設計各種不同類型的創作區塊，滿足年輕心靈的創造需求；二是設立創作與評論競賽獎金，年年輪項頒贈；三是與秀威出版社合作，自2009年開始編輯「吹鼓吹詩人叢書」出版，平均一年出版四冊，九年來已出版三十六冊年輕人的詩集；四是興辦「吹鼓吹詩雅集」，號召年輕人寫詩、評詩，相互鼓舞、相互刺激，北部、中部、南部逐步進行；五是結合年輕詩社如「野薑花」，共同舉辦詩展、詩演、詩劇、詩舞等活動，引起社會文青注視。蘇紹連、白靈、葉子鳥、李桂媚、靈歌、葉莎，在這方面費心出力，貢獻良多。

　　臺灣詩學季刊社最初籌組時僅有八位同仁，二十五年來徵召志同道合的朋友、研究有成的學者、國外詩歌同好，目前已有三十六位同仁。近年來由白靈協同其他友社推展小詩運動，頗有小成，2017年則以「截句」為主軸，鼓吹四行以內小詩，年底將有十幾位同仁（向明、蕭蕭、白靈、靈歌、葉莎、尹玲、黃里、方

群、王羅蜜多、雲朵、阿海、周忍星、卡夫）出版《截句》專集，並從「facebook詩論壇」網站裡成千上萬的截句中選出《臺灣詩學截句選》，邀請卡夫從不同的角度撰寫《截句選讀》；另由李瑞騰主持規畫詩評論及史料整理，發行專書，蘇紹連則一秉初衷，主編「吹鼓吹詩人叢書」四冊（周忍星：《洞穴裡的小獸》、柯彥瑩：《記得我曾經存在過》、連展毅：《幽默笑話集》、諾爾‧若爾：《半空的椅子》），持續鼓勵後進。累計今年同仁作品出版的冊數，呼應著詩社成立的年數，是的，我們一直在新詩的路上。

　　檢討這二十五年來的努力，臺灣詩學季刊社同仁入社後變動極少，大多數一直堅持在新詩這條路上「與時俱進‧和弦共振」，那弦，彈奏著永恆的詩歌。未來，我們將擴大力量，聯合新加坡、泰國、馬來西亞、菲律賓、越南、緬甸、汶萊、大陸華文新詩界，為華文新詩第二個一百年投入更多的心血。

2017年8月寫於臺北市

【編選序】
從小詩風到截句潮

白靈

2017年是臺灣興起「截句風潮」的第一年。此選集所有作品全選自蘇紹連創建多年的「facebook詩論壇」，其中絕大多數來自2017年1月10日至6月30日詩人發表的截句作品。收集估計後，一月刊410首，二月751首，三月697首，四月678首，五月876首，六月682首，共4094首，經筆者每月挑三十餘至五六十首不等，得280首。另二十首則是與《聯合報》合作，投稿於「facebook詩論壇」的「詩人節截句競寫」（主題：詩是什麼，徵稿時限5月5至20日，稿件916首）、和「讀報截句競寫」（徵稿時限6月23至7月14

日，稿件277首）後的兩次得獎作品，二次徵稿複審皆靈歌、葉莎，首次決審蕭蕭、白靈，第二次向明、白靈，此二十首同時也刊登《聯副》及其文學遊藝場網站。此即本截句選由總數超過五千首中挑出300首成書的梗概。

在「facebook詩論壇」選詩與平媒最大的不同是，其跨域性遍及全球，毫無國界可言，且它是始終變動往下壓的，幾日不上網，已刊之詩、想找之詩如魚竄水而去，遍尋不得，且詩作一多，收集極難，若再與其他詩型混雜刊登，一年超過萬首的詩擠在一網頁，多如過江之鯽，必須費盡眼力辨識。但此「截句潮」能得諸多詩友認同，願共襄盛舉，將過去三四十年始終「卡卡」吹不太響的「小詩風」更進一步畢其功於此一役，此種眾志成城的現象，著實令人感動。

在此之前，臺灣只出現過一行詩（木心）、俳句（陳黎）、五行詩（白靈、江自得）、六行詩（林煥彰）、八行詩（岩上）、十行詩（向陽）等小詩的各種形式，時起時伏，但從未真正進入多數主流詩人視

野，一直要到2014年才因與東南亞華文詩壇互動引發
的臺灣五詩刊一雜誌所聯合舉辦的「2014鼓動小詩風
潮」，包括《文訊雜誌》、《創世紀詩雜誌》、《臺
灣詩學學刊》、《吹鼓吹詩論壇》、《乾坤詩刊》、
《衛生紙＋》、《風球詩雜誌》等刊物出版了八本小
詩專輯，大致承認十行以內的詩作為小詩的公約數。
這些若未曾因臺灣詩人林煥彰發起的「小詩磨坊」
（鼓倡六行詩）與東南亞泰國華文詩壇堅持多年的互
動交流，根本不可能有這樣的結果。然而上述仍侷限
在平媒刊物，在網路世界真正能帶起一股創作風潮
的，要等到「截句」一詞出現，或者說「出土」。

　　「截句」可說是沿著2014年的「鼓動小詩風潮」
摸桿而上，「截句潮」與三四十年來臺灣的「小詩
風」其彼此的連動關係是顯而易見的。但在彼岸大陸
並不太使用「小詩」而只用「短詩」一詞，頂多有
「微型詩」提倡三行，其小詩風並無真正傳承可言。
一直到2015年底大陸小說家蔣一談橫空標出「截句」
一詞，將一行至四行小詩全涵蓋其中，2016年邀得十

餘位檯面上叫得出名號的中堅詩人的認同，截取舊作之佳句，出版多本截句詩叢，但既未標注出處或附上原作，更未標識詩題，平白喪失了詩題的提綱或擴延作用，如此所出截句詩集乃成了片語斷章，較為隨興。臺灣的「截句」既延著小詩多年創作傳統而來，詩題豈可踢開，且截句一詞自古有之，與絕句一詞相當，今既納入一至四行的彈性、及可截舊作的模式，又欲繼古來詩的傳承，則當有一首詩的模樣，因此詩題及完整度即成了臺灣提倡截句時的基本要求，那是嚴肅當作一首小詩來完成的態度。加上如今以及未來主題徵文的舉辦，將「讀報截句」、「小說截句」、「禪之截句」、「電影截句」、「音樂截句」等都全方位納入截句思索的範疇，則此選集正可當作截句風潮的起手式來看待。

　　至於選集中有何種景觀、不同思索和想像方向、乃至令人驚嘆的表現手法，則有待讀者慢讀，細細品味檢視。

目　次

輯一｜一月截句選

輯二｜二月截句選

輯二｜三月截句選

輯四 ｜四月截句選

輯五｜五月截句選

輯六｜六月截句選

輯七｜截句競寫得獎作品

一月截句選

露珠兒（Lamux Tavali）
晨喚

我靜坐風林讀鳥的啁啾

啁啾的喧嘩輕啄寂寞

寂寞是雀鳥移走的風景

1月11日

游鍫良
情何以堪

不要以為將光養大

你的影子就會拉長

1月11日

周駿安
駱駝的獨白

我喜歡玫瑰

她溫柔的嬌睇是我的夢寐

我更喜歡沙漠

因為沙漠沒有玫瑰

　　　　　　　1月11日

Crux Lin

等

那個冬季一點也不冷冽
習慣枯坐在公園的長椅，每天看著
十數隻鴿子
與時間一同擱淺

　　　　　　　1月12日

Eve Luo

傑句
──讀賈島題詩後

搜索枯腸，

兩句詩吟了三年。

詩人的白髮，

每一根都為傑句而生。

1月12日

蘇家立
輕蔑

石頭不論大小丟到水裡都有水花
看不見小水花的人
也看不見一根袖珍的暖陽
在水面刺繡簡單的春

　　　　　　　1月12日

陳芸芸
令　逝

給與不給

之間

意圖總有康德

令示或令　逝

1月12日

露珠兒（Lamux Tavali）
白髮吟

你知道你會老去
而傷心也會老
你與傷心
白首偕老

　　　　　1月12日

周忍星
福馬林

那笑容，浸泡了好多年

沒有一絲皺褶

眼睛四周，看不到嬰兒

睜開童年的痕跡

1月12日

賴文誠
抉擇

愛與不愛之間

總有一根時間的針

試著，縫合

1月13日

陳景緒
愛情告示

影子仍堅貞噙淚

而黏膩的愛情已脫膠

請不要舔食

貼在你心牆上的謊言

1月13日

附註：出自陳景緒2016年12月創作，尚未發表的詩
　　　作片段截句，為應詩論壇規則另定題首。

露珠兒（Lamux Tavali）
在雨的邊境過活

當你誓言踩著我的猶豫過一長街

長街上任何雨季，是否就洗了猶豫剩下誓言

（2016年9月28日）

1月14日

寧靜海
禪No.3

林中擊鼓

山扭了一下

晚禱的鳥笑了

1月14日

周駿安
戀

有時就這麼矛盾

像堅硬的冰

期待溶化

卻畏懼著太陽

1月14日

Syni Thorn

你之於我

我在你的實驗室小心焊接我們的神經
火花淚灑戴著防護鏡的我

　　　　　　　　　　　1月14日

附註：截自Thorn〈你之於我〉一詩，1997
　　　年12月17日。

Cindy Liang

毒

現在的你快樂多了

在不愛我後

我發現更有趣的自己

是你沒有愛過的樣子

1月14日

葳妮（Winniefred Wang）
殘念

拍下最後一絡髮尾

截最美角度，給閃動的蛺蝶

青春定格了

卻被時間拉去微整型

1月14日

洪木子
眠之一

有一個暗黑的無底洞

我每天進去一次

1月14日

杜文賢
玫瑰

讓我緊抱著

身上就不再有刺

血流完了

心還是比妳紅

　　　1月16日

葉子鳥

喵喵與汪汪

嗜肉者，也可能是心靈的素行者

素食者，也可能是心靈的嗜肉者

1月17日

附註：截自〈喵喵與汪汪〉一詩，
2015年3月20日。

葉莎
布

回想自己曾是苧麻
性弱耐旱，被誰摘葉去骨
取出最細最細的心思

1月17日

Chamonix Lin

答應我（詩569）

詩的材質究竟是什麼

是劈下來的金鎖

是半生的緣分

還是秧苗之歌

1月18日

林瑞麟

鼾聲

輕輕翻身

讀取另一面風景

從頸後枕著你的甜

讓節奏治療這漫出的夜

1月18日

項美靜

愁

秋天

隨便抓一把月光

都是相思

1月19日

靈歌

懸

敲門的

不是風不是你

是等待的心跳

1月20日

杜文賢
在路上

時間串起所有淚珠

惟詩，方可打結

1月20日

王士敬
1949

門環叫了幾聲痛

隔村的山埵多了幾座小丘

1月22日

Syni Thorn

你之於我

天色漸暗光將我們圈入神殿
互相身歷其境對方的容顏
你從眼底深井把我拉昇上來
我在髮際水波和你靜靜浮沉

1月22日

附註：截自Thorn〈你之於我〉
一詩，1997年12月17日。

邱逸華
妻子的復仇

為了見證紫微命盤上斷言的宿世因緣

她將利刃藏在隱喻中

暗抽快刀剁碎那女子的心竅肝腸

蘸道德鹽佐八卦醋分給紅了眼的怨婦們下酒

1月22日

葉莎
黑面琵鷺

於我，無一面鏡子不破

無一面鏡子破裂不肯癒合

無一面鏡子之內無魚

無一面鏡子之內無我

1月23日

冰夕
影子

觸不到，風卻穿越花香。搖曳巴哈
渴念，無畏大寒走索冷顫
詩儼然夢中儷影
三生石上。夕照提琴手，低音著愛

1月23日

吳昌崙
打火弟兄

沉重的心情輕如八字

雙肩扛起轄區的寸土尺地

出入無間，有時竟

忘了回家的路

　　　　　　　　1月24日

附註：截自〈打火弟兄〉一
　　　詩，2015年5月。

項美靜
又聞白果香

杏葉黃了，銀杏熟了

老漢笨拙地剝著白果

就像當年不安分的手

剝開她　旗袍上的那粒葡萄扣

1月24日

張遠謀
國王遊戲

有很多兔子

有很多狗

有些鳥

有弓

1月24日

葉子鳥
語言之思

文化載體的量化寬鬆，製造了
一個語言的通貨膨脹

　　　　　　　1月24日

附註：截自〈語言之思〉一詩，
　　2015年3月28日。

游鍫良
文字

不過是線條而已

就能說出許多的淚與笑

眼睛是心的觸媒器

1月26日

蕭芷溪
借詩還魂

心裡藏著別人的情感
寫出的詩與感嘆都與自己無關
腦海裡衍生出的美好
用來，抑制住內心的黑暗

1月26日

邱逸華
單身之苦其三

既未汙染空氣更無擾亂視聽

僅僅是眉眼流瀉了心事髮絲糾纏了柔情

而身姿不受控地婀娜了一點

怎堪受訾　毀我如諱魚玄機

1月26日

Chamonix Lin

紙張狂（詩578）

我不知如何說明

你

是我

靈魂永恆的騷動

　　　　　　　1月29日

靈歌
墓誌銘

昨日膨脹

今天縮水

1月30日

附註：截自〈墓誌銘〉一
　　　詩，2015年1月28日。

Argers Jiang

念珠

相愛的時候　讓我們

當彼此的　好人

並用餘生　只和彼此

做這件事

　　　　　1月31日

二月截句選

蘇紹連
炭的嘆息

煙薰我的綠色前世
今生我竟如此漆黑

現在，我和已變灰、變白的囚服
一同躺在冷卻的爐子裡

2月1日

附註：截自《時間的背景》詩集，秀
　　　威資訊，2015年出版。

Chamonix Lin

以後

說到底啊都是異材質拼裝

時而歌德時而瘦金

寫詩後還會煮飯洗衣

心裡還裝著另一顆心

2月3日

蘇家立
有錢人的規則

有錢人將鈔票一張一張疊高

化身為一把鋒銳的刀

唆使另一群人拿起刀砍掉窮人的頭

流出的血變成了新鈔繼續疊高再疊高

2月3日

靈歌
吻二行

一行怎麼夠
二行疊上二行，方便攪拌

2月3日

附註：2012年3月，截自〈吻
　　　二行〉8選1，〈漂流
　　　的透明書〉頁239，
　　　秀威資訊，2014年6月
　　　出版。

葉莎

其實我是一座房子

搭建自己之前

想好鑿通出口兩處

一個用來凝望羊群的低鳴

一個為了讓你走出去

2月3日

林廣

苦難都是虛擬的（手機三曲3）

不管走到哪裡

寶可夢隨時會跳出來

抓住我的靈魂　安慰我：

所有的苦難都是虛擬的

2月4日

Ellery TU

蛾

每首情歌都是火燄

我是你親手孵化的蛾

（2017年1月，新作）

2月4日

胡淑娟

小三

愛神瞎了眼

瞄不準

又用力過猛

接連射中了第三者

2月4日

洪美麗
愛神老花

小三遙山浮影

正宮近山矇矓

對不住焦

2月4日

葉莎
水窪告示

你若夜行，不要
踩我胸口盛滿的星星
它們收集了小路的蟲鳴
正在練習發聲

2月4日

林廣
呼喚（思念三曲2）

當你選擇蝴蝶的時候請忘掉詩

當你選擇詩的時候請記住蝴蝶

思念沒有邊界但有隙縫

我聽見我不存在的詩集在呼喚我

2月4日

林廣

影子（思念三曲3）

我始終不敢回想

母親瘦得像煙一般的影子

深怕　一伸手

她就會從我的擁抱消失

2月4日

胡淑娟

井

妳的心深成一口井

我則是井口漂浮的月亮

　　　　2月5日

胡淑娟
婚姻

婚姻就是一根肉刺

拔與不拔

都痛

2月5日

蔡永義
遠行

我用彩虹

將雲朵纏繞，圍住

不讓她為我的遠行

流下一滴淚

　　　　　　2月5日

王勇

疤

我的褲子上
都是補丁
爺爺的手臂肩背胸膛上
也都是補丁

2月5日

蘇家立
妳是我剛錨定的截句

起床和清醒一樣並不費力
我獨自下樓煮早餐在餐廳呆了一小時
等妳輕輕鬆鬆坐在眼前再上樓睡覺
依稀聽見碗的聲音但與我無關

2月6日

劉曉頤

凹陷的存在

性像城邦的注視般巨大

沉默之眼般慈悲

你在軟氣流裡

發亮的中心點瞬間崩塌

2月6日

曾美玲
照相
——給敘利亞的小女孩

親愛的孩子

這不是槍

快將高高舉起的

恐懼，放下

　　　　2月6日

邱逸華
黑眼圈

吻我吻我
就算是同情臉上相思的煙燻妝
你的唇是
最自然的粉撲

2月6日

葉莎
河流寫詩

流經幽深的橋影

記住所有黑

並輕聲告訴一朵

戀春風的小花

2月7日

蔡瑞真
謠言

不支薪

卻搶著上班的

勤奮法官

2月7日

靈歌
風箏

我不該駐足這裡

影子雜遝，四處攻伐

我必須將自己縮小，再小

讓失去方向的你們抬頭

（2014年12月20日）

2月7日

寧靜海

斷崖

我挺以半屏的胸膛

挑起萬頃的波瀾

夾濤聲對鹹鹹的風吶喊

拉滿長弓奮然將自己　射出

2月7日

附註：截自〈斷崖〉一詩，
2015年10月31日。

胡淑娟
傷口

歷史是一道道

無言的傷口

傷口說的

都是真實的謊言

2月8日

丁口（Rui-shin Chang）
吞

時間是憂鬱的
吞噬母親光滑的皮膚
蝗蟲過境，所有人都離村了
剩下窗邊的小娃鞋

2月8日

附註：截自〈將鄉愁射進胸膛
　　──致洛夫〈漂木〉（一）
　　羊水破了〉，2013年1月
　　1日。

曾美玲
教宗與小女孩

一位菲律賓小女孩問教宗：

「為什麼上帝允許世界有童妓？」

教宗只能將她重傷的心

輕輕擁入懷中

（2015年3月9日）

2月8日

胡淑娟

不恨

馬蹄踏花

花沒有怨恨

反而附送一路的花香

2月10日

丁口（Rui-shin Chang）

旗袍

翻過黑水溝，生在死的對面
老妻不願離開淪陷的海棠
她穿著豔麗的旗袍投向海風裡
後方一路掃射，來不及哀傷的波濤

2月12日

附註：截自〈北方的棉絮被染紅了——
　　　記龍生九子（五）鄉愁是饕餮眼
　　　裡一塊化石〉

陳景緒

無底洞

一隻鳥，掉入了煙囪裡面

旁人認為她想離開

其實她很快樂

她沒想到這煙囪那麼長

2月13日

蔡鎮鴻
結局

不看新聞，我是孤僻的少年
看了新聞，我是瘋到老年
拆開了史書，我是棺槨早已蟲蛀
現在開始流行骨灰灑洋

　　　　　　　2月14日

邱逸華
撲火

星星之火在燃燒

你的烈焰在招搖

燒盡我吧使我成灰

乘風飛落，沾惹你衣襟

2月14日

胡淑娟

何謂詩

何謂　詩

為了修補

文字的千瘡百孔

勉強拉上的　拉鍊

2月15日

譚仲玲

巷

巷是一首謎語

死胡同或九轉十八彎

唯白髮老人家的拐杖

才能敲出答案

2月18日

胡淑娟

火柴的亮度

生命即使是

黑夜裡的一根火柴

一閃而逝

也要有恆星的亮度

2月19日

丁口（Rui-shin Chang）

缺

鱷魚嘴裡掏不出完整的段落

2月19日

附註：截自〈獨行詩〉一詩。

葉子鳥
絮（946）

請允許我拿著一把槍

對著空中盲射

必定有你冰涼之影

覆蓋在我千瘡百孔的棉被上

2月20日

Lim Pl
我所願意的

放手不是我願意的
只是換一種方式繼續走下去
讓你的離開我的存在
變得有意義

2月20日

迦納三味
靠近

不可以再靠近了

我已經在你眼中開始模糊

且逐漸蒸發

2月21日

王婷
影子

影子是寄不出的情話

每走過一次舊事

相思就會拉長

2月21日

余境熹
禪

你用過的杯
上面印著一隻鳥
把杯子摔破
我聽到鳥的叫聲

2月21日

Yap Sing Yeong
失戀

拙劣的情愁

連懸念也沒有

連曾經也沒有

只有最後的告別

2月21日

愛羅
落葉的掌紋

尚在枝頭的三月有些沉默
沒有誰聽見光影中簌簌轉身的那片意象
是落葉的骨
鬆動春天的支架

2月21日

愛羅
落葉的掌紋

尚在枝頭的三月有些沉默
沒有誰聽見光影中簌簌轉身的那片意象
是落葉的骨
鬆動春天的支架

2月21日

葉子鳥
塵埃

當光割破所有的細微

每一粒紛動

侵入鼻息

呼吸從來不只是一個人的事

2月22日

羅漢
白世紀

這座充滿強壯胸肌的山像留著一臉森林的武夫

我問：那淙淙隱泉可是他的調息聲

只見空谷和襟，危雲臥禪

幾朵自由自在紅塵翻滾的回音拈指坐化了

（2015年9月4日於桃園四弦草紀）

2月22日

葉莎

訪友

櫻花沿路奔跑

我一路閃躲

好不容易來到你的小木屋

只見窗子嗡嗡的飛著

2月22日

蕓朵
灰塵

灰塵停在時間的縱軸上
說，我就是，我就是
你們說的永恆。

　　　　　　2月23日

胡淑娟

寂寞

寂寞是妳豢養的跳蚤

總弄得全身都癢

卻搔不到癢處

2月24日

邱逸華
禁果

捻一株給齒痕吮吻過的果核

你抿抿唇驚呼真甜

不許我在蘋果裡

早為你種下慾望之毒

2月25日

葳妮（Winniefred Wang）
戀

思念是條常塞車的公路

路邊拋錨也願等待

　　　　　　2月25日

龍妍

聞

月是夜裡的魚

穿梭逝水之中

有人涉水而來

提了一大袋的靜來敲門

2月28日

項美靜

在佛前

老尼在燈前冥思苦想

除了誦經也許還該再做場瑜伽

這一夜，木魚欲言又止

想說的心事都被風聲訴盡

（2016年11月2日）

　　　　　　　　　　2月28日

三月截句選

王羅蜜多

五峰旗

咚咚咚！旗鬚的雨水潽潽滴
嗆嗆嗆！旗身的水沖冷吱吱
咚嗆咚咚嗆！旗頭一萬支箭
只有汝佇遐看戲，笑微微！

3月1日

附註：

1.宜蘭礁溪五峰旗，位於雪山山脈與蘭陽平原的交接處，峰頂有聖母山莊。

2.水沖，tsuí-tshiâng，瀑布。

3.截自近作〈五峰旗〉一詩。

劉正偉

流浪漢

流浪漢是一枚落葉

偶爾飄落在公園長椅

偶爾飄泊在騎樓的角落

3月2日

附註：截自〈流浪漢〉第
　　　一段，《我曾看見
　　　你眼角的憂傷》。

西馬諾
塵埃

撩起

時光床幔的遠

3月4日

施傑原
停電

我的靈魂就像案前的燭火

探看妳心裡的廢墟

待電力恢復後

便被吹滅

（2016年3月14日）

　　　　　　　3月4日

吳昌崙

假日

妻勤快往返拖地，達達的鞋聲
一如鑿巢的啄木鳥，不停地啄著客廳
啄著我的神經，啄著整個週末下午
以及我的脾氣

3月4日

附註：截自〈假日〉一詩，2013年12月。

胡淑娟

烘培

夏天是個烘爐

以　極高的頻率

烘培出滿天的蟬鳴

3月4日

杜文賢
鐘（三則01）

獄卒來回走動

計算著釋放我的時間

3月6日

劉梅玉

最後一頁的黃昏

仔細讀著幾株枝椏

伸展每次的方生方死

發現一片葉子

靜靜地成住壞空

3月6日

白世紀

火

已經厭倦那些黑暗

這終生修行的鳳凰

祇求一次最美最虔誠的　吻的涅槃

　　　　　　3月7日

蒼僕
靈車

還沒想要搭的車卻由不得你選擇

還好，他們挑祢最好看的框相

一路風光招搖

3月7日

謝梅臻
還君明珠

相思如彼岸捻來的一陣風

我還來不及畫符鎮壓

它已化身為一場隔夜雨

掛成一串眉睫下的念珠

3月7日

Lim Pl

雲端

把數據化的愛情

上傳到雲裡

等我們老了

再一起下載溫習

3月7日

林廣

野薑花（臺語詩）

伊的清芳

無論日時、暗暝

攏對我的心內，輕輕

膨出來

3月8日

米亞

默

寂寞裡

無邊無涯的苦雨

飄成一片緊密的寧靜

捻熄了，所有的聲息

3月8日

高塔

熟春

半黃葉，三月和雨紛紛

揀起，正反細瞧幾遍

小數點後面

好幾位數的春

3月8日

謝梅臻

樹與影

你在上頭招攬風雲

我在底下用沾染泥濘的笑容

接收你打呼的夢囈

3月9日

邱逸華
最後一夜

霹靂自我心弦拉弓　射碎貪圓的月
碎月佈成璀璨星棋讓我們對奕結局
在你哀絕的結婚進行曲奏起前
別說我輸

　　　　　　　　3月10日

晴雨常瑛
春日

夢是傘

撐開我的詩

3月11日

Lim Pl

風鈴木

抓一把三月的風

繫在開花的樹上

讓它成為

心裡的牽絆

3月12日

靈歌
此後

交叉過的二條線

今後即使平行

也要靠近

3月12日

林錦成
寄放

剉冰機拿一整塊冬天

雪花了一盤夏日戀情

總是不免塞入記憶的夾縫

一處寄放少年春吶的「進來涼冰果室」

3月12日

葳妮（Winniefred Wang）

別後

獨舞的落葉

美成千種寂寞

還想在秋天的心裡

開滿春花

3月12日

林廣
畫皮（現象三曲2）

她把自己攤開、彩繪

青春似乎停止流動

照著鏡子。她心滿意足

把自己收入小小的盒子

3月15日

Lim Pl

離別

關於離別

晚霞從沒說什麼

只是靜靜地看你

隱沒在黃昏的盡頭

3月15日

葳妮（Winniefred Wang）
光剎

他用蠟燭，點亮影子

走進影子，用光

蓋住自己

3月15日

胡淑娟
詩評

為失明已久的詩

添一隻眼睛

看透

時間遺忘的憂傷

3月15日

譚仲玲

飛

翅膀不斷上下振動

生命遂有了蒼翠的萬水千山

3月15日

柯柏榮
落葉

（臺語）

那會小可sip下秋

地球的面皮

攏是你馬西馬西的跤印

（華譯）

怎地小酌了一口秋

地球的臉皮

全是你顛顛倒倒的腳印

3月19日

胡淑娟

靈感

時光是有翅膀的

靈感緊握芒刀

在倏忽飛逝的翅膀上

微刻每一秒

3月20日

吳添楷
資料庫

把愛建檔於你的心中

偷偷不說

我漸漸變成數據

寫進有你的資料庫裡

3月20日

西馬諾
開出花朵的詩

，給無盡

，給激情

，給塵埃

，給擦身而過的人

3月21日

劉金雄

登頂

一路往上，不作樂不歇腳

終於登上頂峰

環顧，天堂且尚遠

而四野儘是下坡

3月21日

胡淑娟

魚

魚必定是個外交大使

學會了水的方言

才能縱橫四海

3月22日

胡淑娟
情詩

海浪寫給沙灘

滔滔的情詩

但風總是等到了最後一行

全部擦拭

3月22日

柯柏榮

船埠頭（漁人碼頭）

〈船埠頭〉（臺語）

扛規口灶的腹肚皮

烏金金的肩胛頭啊！

搖醒碼頭的黃昏

〈漁人碼頭〉（華譯）

扛起一家子的肚皮

烏亮亮的肩膀啊！

搖醒碼頭的黃昏

3月22日

白世紀
三行江楓漁火

幾杵鄉音擺渡著

天涯人漂泊在一句栓著晚鐘的客船夜

微詩裡

（一米詩2013年11月28日於桃園三葉蟲書房）

　　　　　　　　　　　　3月22日

王勇
口罩

封住塵埃

擋住流言

連金鐘罩也擋不住

你眼角的溫柔一笑

3月22日

劉金雄
國界

一朵雲腳踏兩國之上

一群沒有護照的鳥輕易跨越領空

一顆獵人的子彈穿過那條界線

差點點燃一場戰爭

　　　　　　　　3月23日

柯柏榮
人權

（臺語）

擇一支紙糊的搢鎚仔

用十萬磅的力頭

撼鐵拍的山

（華譯）

拿一支紙黏的鐵鎚

用十萬磅的力道

重捶鐵打的山

3月23日

柯柏榮
囚夜

（臺語）

烏暗捀一碗月光

天星佇獄風中喝酒拳

予焦啦！跤鐐

（華譯）

黑暗端一碗月光
星子在獄風中喊酒拳
乾杯！腳鐐

3月23日

劉枝蓮

貪

看著你眼睛

只要再撐過

四秒

就是我的──

3月23日

邱逸華

繆思的誕生

昧昧洪荒間，呻吟

以陣痛解離混沌

讓朝陽剖腹，白露浸潤

鮮紅淋漓之手將我接生

3月23日

柯柏榮
睏眠

〈睏眠〉（臺語）

將踢開的鄉愁

重蓋予好勢

有夠寒！這phih-phih-tshuah的跤錬

〈睡眠〉（華譯）

將踢開的鄉愁

重新蓋好

冷啊！這直打哆嗦的腳鍊

3月24日

邱逸華
拔河

怒目暴筋，咬牙猙獰

甲與乙竭力拉攏我腰身上繫的紅線

卻沒發現我的眼神

深情望著的是那個舉槍人

3月25日

胡淑娟
影子（詩組3首）

（真實版）

影子一生都在逃避光的追殺

（幻想版）

光　總是 與影子
玩　著捉迷藏的遊戲
光卻　一直找不到
影子躲藏的地方

（鬼魅版）

每一道光的背後
都盤踞了
影子的靈魂

3月26日

沒之（Mars Chien）
輕三行之一

煙騰裊繞微微
香盡後跌落爐裡成灰
嗅聞的記憶刻鏤那個遠去的魂

　　　　3月26日

西馬諾

閱聽夜的偶爾（蘭嶼）

憂鬱眼中的睥睨

喃喃傾聽鬱鬱之色

此刻，摺疊街角回聲

時間，然後才緩緩開始

3月27日

John Lee

執

心

始終

懸在那兒

問我

3月27日

吳添楷
歷史

總有一刻

會有陣風吹向人群

當他們的淚已乾

才發現，瞳孔曾被踩碎

　　　　　3月28日

吳昌崙

毒澱粉

上帝創造澱粉

人類修飾澱粉

小吃攤駭然的香氣裡

饕餮終於瞑目了

　　　　　　　3月28日

附註：截自〈毒澱粉〉
　　　一詩，2013年
　　　10月。

沒之（Mars Chien）
無語

對面卻無聲無息

眼裡印著最想念的形影

翻過幾個生命還是你

　　　　　　3月28日

譚仲玲
鏡

鏡毀滅於從不打誑語

碎裂的水晶

仍固執那每一道皺紋

3月29日

蕭水順

自主

水流，船不動

岸邊

石頭篤定自己的篤定任草纏繞腰身

3月31日

四月截句選

白世紀
誰拿了那條紅紗巾

箱底沒留下交代

行色乾乾淨淨

壓在十字繡裡的那句南竹，綠沒？

4月1日

蕭水順
假裝是俳句

五音節跳躍

七言句緊緊跟隨

昨夜的簷滴

4月1日

周忍星
瓶中詩
——愛的灰燼

那男人粗暴地將我進入
青春失聲還岔音
野火燎原之後，男人的名字化為灰燼
我叫他「父親」的，男人

4月2日

附註：截自「聯副文學遊藝場」「瓶中
　　　詩」入選詩作〈愛的灰燼〉。

龍妍

憶父親

小手緊緊兜著

靠在安全的臂膀

長短身影交疊

齊向炊煙的方向

4月2日

張威龍
拉鍊

公雞吊完嗓

天空拉開拉鍊

露出紅暈的一顆乳房

醒來的，都張大了眼睛

4月3日

非馬
圓桌武士

爭吵著誰贏得了美人的心——

挑在他們尖尖槍矛上

滴著血的

美人的心

4月3日

附註：截自〈圓桌武士——巴黎和
　　　談〉，《你是那風：非馬
　　　新詩自選集 第一卷（1950-
　　　1979）》，秀威資訊，2011
　　　年9月出版。

蕓朵
假裝是你

跟蹤你的影子假裝是你

影子疊合時，我隱藏自己

偷藏一顆心粉塵大小

假裝是你裝扮成葉下朝露的我

4月3日

劉梅玉

黑的三次方

在我信任的紙張上

那些人寫了堅固的錯別字

沒有人發現他們

用黑的世界翻譯白色

4月3日

林宇軒
旅行

直到找不到歸途

才知道回家也需要練習

像生病是練習死去

寫詩，是練習活著

4月3日

胡淑娟

秋

秋天開始

在大地擊鼓

鼓槌的每個落點

都是　傷心的紅葉

4月4日

殷建波
湖的委曲

我忍不住抓住微風遠去的手
為什麼你總是不停撩撥我的心
卻始終不願讓我看清你的影？

4月4日

殷建波
三月雪

三月雪

比花輕

那一聲道別

不許你聽

4月4日

邱逸華
詩興

一朵春花枝頭顫痛

分娩出一首詩

落紅墜醒了塵泥間的掠奪與蠢動

騷聲起，另一首詩受精⋯⋯

　　　　　　　　4月4日

張遠謀
蓮霧

回憶就像這鈴鐺果

酸中帶甜

掰開來

中間那一段都是霧

4月4日

葳妮（Winniefred Wang）
身體（日光散步三帖3）

其實ㄊㄚ很後現代
每個部位都中心每個都play
每個都延異每個歲月解構每個誰都會
靈魂不確定囚禁在裂解的結構主義看自己，消失

4月5日

周忍星
有人

腳步聲拉著黑夜

刷洗寂靜

月，輕搖蒲扇

趕集禪房外急急奔走的流螢

　　　　　　4月5日

懷鷹

遺書

我的遺書是一疊駝鈴

刻在不知名的蒼穹

當你聽到滾滾雷鳴

那是它將自己敲碎

4月6日

冬雪
吞

伸出雙手握不到一絲陽光

那霧霾張牙舞爪

嚥下整個城市

疼，咳不出來

4月7日

劉枝蓮
母女

你教會我對鏡

我從鏡中走出

30歲50歲70歲

是你

4月7日

西馬諾
詩

，拮据

，讓雨滴嚴肅地下在心坎上

，是小說365倍的吶喊

4月8日

葉莎

聽過一種鳥聲

一個球，自最深

至最淺的黑不停滾動

在窗前

被一株白杜鵑挽留

　　　　　4月8日

邱逸華
禁止入境天堂

人類誘騙細菌，嘲弄基因

算計兔子競速，白老鼠吸毒

過重的腦袋終於多了幾年賒來的時光

一日來到天堂口，入境官說：護照過期，無法通關

4月8日

曾美玲
天上的孩子

黑夜再黑

遮不住星星的淚光

天空再空

裝不下媽媽的呼喚

4月9日

Rob Chen

蛇

那鞭子　猛一抽

成了繩子　將我綑綁

牠伸出蛇頭　我伸出舌頭

一起測量　愛有多長

4月9日

蕭水順

灰塵

灰灰的灰塵

教我認識了和尚的灰布袍

我彈彈衣上酒漬、微塵

心也和尚了那麼一下下才回神

4月9日

晴雨常瑛
星事

搧一夏涼風

觀整晚浮塵星事

4月10日

劉其唐
冥想

聽　花開的聲音
魔鏡忙著搬弄是非
端坐的小孩淡淡一笑
可以出境　又入境

4月10日

向真（Mobelp Chen）

吻

鏡面無波

天外飛鳥輕輕滑過

一吻　害羞的湖心

驚嘆漣漣……

　　　　　　4月10日

林廣
雙人床

一張床

切割成兩艘船

航向不同的夢境

4月10日

邱逸華

處女情結二首之二

當我還是完璧

趙家不睬，秦氏不愛

玉碎之後

竟換得十五座城池

4月10日

Da Chu

月光十三樓

冷風中，鐵路便當賣不完

滄桑：一聲聲再見一吋吋遠方

第二月臺的雨聲。。搖／搖。。擺＼擺。。進站

歲月著涼了

　　　　　　　　　　　　　　　4月12日

附註：截自《月光七行·月光十三樓》。

楊子澗
流落的山花

請撫慰我敞開的雙腿在我裸裎的胸乳遊走讓我們
相互取暖相互撕咬相互嘲謔，我來自山上的男子
或在擺盪的板床上想像各自的心事各自的部落
離家的旅程和日子。我們是山花，山上的一朵花

4月14日

附註：截自〈笨港小唱〉17首之3，本詩選入文化部
「閱讀地景文學」。

林廣
面壁

他的額際　始終空著

等待　第一滴　禪

拍出　水聲

4月14日

成孝華
出軌

有人跌落就停駛了
軌外的一抹紅唇
奄奄呻吟出軌的身體

4月16日

Mark Hwang

春題

一隻蝸牛釘住了山
順著它升起的觸角我看見
一個花苞將整片斜坡解放

4月17日

邱逸華
血的編年史

是經也是史，筆削
女孩的第一次痛到最後一陣熱潮紅
要多麼忠實的內史才能撰述
匿藏於青春子宮的佛與魔

4月17日

王羅蜜多
一片枯葉被風吹落

翻滾吧，翻滾……

往陽光淅瀝的童顏

往知了知了的窗邊

往妳的趾前　微捲

4月27日

蔡雲雀

童話

一縷記憶的輕煙

吹出

由小變大　大變小

4月27日

詹澈

跟著

飄遊的雲與雀躍的海浪啊

一路跟著走唱的無政府主義者

我還是留在原地的野草

踐踏過我的人已跟著你們走了

4月27日

曼殊沙華

俱足

風起的塵埃在光影中旋轉
該來的想來的未躲開來的
都飄落在鞋面，等待
爬上影子播種

4月28日

附註：截自曼殊〈因緣〉一詩。

沐沐
溫存

水

慢慢又細細地將火

點燃

　　　　4月29日

王勇
棄權

領：我引導思想

袖：我指揮方向

陽臺上，激辯的領與袖

被過路的風隨手甩下樓

4月29日

劉梅玉
老家

荒蕪了17年的門

我費力地將灰塵打開

裡面的陰影還在

但有些已經老成光的模樣

4月29日

白世紀

等我老了

只剩藥罐子大小

用輪椅推著黃昏，看海

這鏡裡種滿人世事的桑田

（2015年8月31日於桃園三葉蟲書房）

4月29日

傅詩予
海潮

望著你深藍的眼眸

我聽見你的心跳澎湃

然堤上的一吻

竟是月亮用力一推

　　　　　　　4月30日

徐江圖
蠱

截句詩是蠱

有人偷偷下

詩人為之瘋狂

坐立難安成天想著怎麼結怎麼鉅

4月30日

五月截句選

柯嘉智
效率市場

森林遺失年輪

臭氧層苦等女媧

宗教拍賣天堂

天使典當跌價的翅膀

5月1日

林廣
臉書

大迷宮裡有小迷宮裡還有小小迷宮
世界被蠱惑成小酒窩我迷路成一尾魚

僵硬的脊椎終究挺不起夜色
從鈣化的後現代偷偷鑽出芽來

5月1日

和權

弦外之音

錚錚錚！沒有流水般的
柔情　只有長風萬里送
秋雁。你知道了　是時候
消失於落日隱沒之處了

5月1日

王勇
血滴子

專割民主的腦瓜
誰膽敢亂伸脖子？
你我的江湖，爬著
遍地的縮頭烏龜

5月1日

許赫

耐心

廟裡有位仙姑要教我通靈

等了很久連手機都玩到沒電

終於仙姑辦完事回來了

我剛好這時候醒來

　　　　　　　　5月1日

黃里
無題6

散　狗被綁著走
　　　被綁著走的
　　我被狗綁著走的　步

　　　　5月1日

離畢華（Element Ru）
殺的次第

把肉和骨剔除之前抽掉神經叢
瑜伽墊上朧下空白影子的影子
所有的經義和修習隨恆河的煙
沉入意識的荒蕪裡

5月1日

Richard Jong
稱讚

是經典的範疇。

5月1日

殷建波
伊麗湖15

你總會遠遠

遠遠讓我看見

只要我微微

微微踮起腳尖

5月1日

蘇家立
未來

一顆鑲上沙漠的玻璃球

不轉動就找不到綠洲

水源一碰就碎

只在陰影裡流動

　　　　　5月1日

劉金雄
泡沫

浪尖上
我用整顆頭顱去碰撞嶙峋礁岩
瞬間炸裂成眾人眼中之七彩
既生且死

5月1日

劉金雄
泡沫

浪尖上
我用整顆頭顱去碰撞嶙峋礁岩
瞬間炸裂成眾人眼中之七彩
既生且死

5月1日

劉金雄
插頭

唯有深入
才得光明的起源
只有挺進
才是幸福的開端

5月1日

姚時晴
36計

拋出謊言逼供實話

傳遞錯誤引導正確

留下痕跡銷毀證據

戴上面具找尋自己真實的臉

5月1日

姚時晴

鏡

摔破鏡子

打散詩的結構

字和字的碎片便充滿割傷讀者的

意圖，但仍可照見事物的部分膝蓋

　　　　　　5月1日

柯嘉智

最高級

最迂迴最愛遲到
最揮霍最心血來潮
最親愛也最遙遠
的某某

5月2日

蘇家立
熱愛巨乳和寫詩之間的恆等式

花瓶中可以沒有水但不能沒有花

我的眼睛離不開每一對被重力拉扯的

將靈魂掏空的豐腴胸部

回家後我拼命寫詩，積極勃起

5月2日

素玉（Sally Ng）

吸塵機

將所有　悲　怒　憂　怨

統統吞進肚子裡

不滿

絕不吐出來

15. 5月2日

附註：感謝季閒老師指導這首截句，我把修改版貼上以做日
　　　後參考學習！季閒老師留言：「末兩句已經寫了『不
　　　滿／絕不吐出來』，滿了就吐啊，很好的言外之意。
　　　個人覺得第一句或許可以再隱一點，例如：『將落定
　　　的塵埃／統統吞進肚子裡／不滿／絕不吐出來』。」

沐沐
情歌

老掉牙的廣告

反覆促銷一系列昂貴的贋品

叫永遠

　　　　　5月2日

曾耀德

馬拉松

跟在美女後面奔跑

她的每一個擺動

像轉開氧氣瓶

讓人大口嚥下每一段距離

5月2日

季閒
夜牧

思念打造了月光匕首

匕首劃開沉沉夜色

傷口裡走出一隻一隻小羊

跳進掛鐘滴答滴答聲裡

　　　　　　　5月2日

附註：感謝王勇老師建議修改如下：「思念打造了月光匕首
　　　／匕首劃開沉沉夜色／傷口裡，一隻一隻小羊／跳進
　　　掛鐘，滴答滴答」。

離畢華（Element Ru）
種子

如果你還不出現

請離開我的夢土

我會從嚴審查你的行李

有否走私我的影子

（長野姬川，2017年）

5月2日

周忍星

睞

我想努力撥開

沉重的黑夜

你甜柔的鼾聲，趁隙

擠了進來

5月2日

洪秀貞
郵票

一枚郵票只做一次旅行
生命是上帝與撒旦的
通信
我們的身體正在郵遞

5月3日

殷建波
影子

你常常停留

在我眼角

直到眼淚

輕輕把你抹去

5月10日

黃里
無題15

走進炮仗花長長的綠廊
每個人都變成寒單爺
笑咪咪不想出來

5月12日

思語

殳

主角這次，當真的

5月12日

林廣
流言

影子的體溫被鞋印踩熄
耳語　竊竊窣窣
不同的我被掛成一串一串風鈴
在某個轉角反射我急欲掩蓋的張皇

5月13日

附註：截自林廣〈轉角〉一詩。

杜文賢

真相

砰！

所有的腳一哄而散

風低頭路過

不語

　　　　　5月13日

附註：截自〈主義〉一詩。

蘇紹連
夜百合

我的輪廓是光，是空氣
召喚一片廣大的自由

5月14日

和權

情愛

笑問

時間之刀

怎麼斬斷心中這條

天地線

5月14日

詹澈

向日葵

他們把你的臉轉向把名字改了

不敢面對太陽的信仰卻以太陽為名

惠特曼的太陽艾青的向太陽還有東方紅

這詩與歌會刺痛他們午夜的夢

5月15日

陳雪琍（冷空氣）
被愛還是悲哀

愛像氣球圍繞在四周

我卻是刺蝟

將靠近我的氣球

一一戳破

　　　　5月15日

葉莎

致讀者

昨夜月光成串

我將一座海的滋味

仔細藏好

生為蚵，我只讓你讀殼

　　　　　5月20日

邊孩
沒有聲音

貓的腳步

沒有聲音

像一種舞

永不退流行

5月22日

周慧敏
失眠

我的眼皮底下
長期放映你剪影的黑
下畫日期遙遙無期

5月22日

張玟綾

地平線

海鳥飛不到　帆船尋不著

落下成昨日　升起待明天

近在咫尺 卻隔著整座海洋

你是我此生到達不了的彼岸

5月23日

丁威仁

唉，詩人哪！

有人問我桂冠在哪裡，
桂冠包在湯圓裡。
有人問我流氓在哪裡，
流氓在你褲襠裡。

5月23日

藍芸

粽香飄然

月桃在熱鍋裡顫抖香氣

這是童年鼻息的回憶

媽媽將所有料理捆在葉裡

也忘情的　將自己影子綁了進去

　　　　　　　5月29日

六月截句選

邱逸華

青春

所有衝撞都為了破

幼稚的身體瓦碎，讓欲望勾竊

華麗出場如歌

不告而別的悲壯是魚尾上的詩

　　　　　　　6月1日

張玟綾
心聽見

介於黑夜和黎明的留白處

不必閉上雙耳

清澈的心，也能聽見

星辰滑落，以及花開的聲音

6月1日

胡淑娟

夢的薄紗

夢的薄紗裡　飄著

一首下雨的詩

而詩裡撐起傘的

卻是　翩翩起舞的蝶翼

　　　　　　　6月2日

李宗舜
渺小

大雨打濕了全身

烏鴉尖叫

聲音隨著河潮上漲

淹沒

6月3日

譚仲玲
波，動詞

永遠不能靜止
高低上下
誰大喊，不要隨波而走
遠方的風在黑夜中刮得更凶

　　　　　　　6月3日

附註：讀白靈老師的截句〈你是自己的遠方〉，對第三句的
　　　「波」字，引起思索。我對「波」聯想是：「波浪；
　　　波紋」。想著；想著就走進了，〈波，動詞〉這詩。

靈歌
錯亂

他點了火，只是想照亮

黑暗中迷路的人

你們怎麼提著水桶前來滅火

6月3日

Antonio Antonio

夏帆

我們安靜坐在雨亭裡

等待一場強降雨過去

對於風，雨，陽光和烈焰等等

我們只能靜靜等待所有都過去

6月3日

胡淑娟

日光浴

躺著的是光與影

悠閒是草坡

曬是太陽

6月4日

葉欣榮（Yap Sing Yeong）
存檔

欲望被你暗殺

我把心動庫存

再壓縮存檔

留作愛上她

6月4日

邱逸華

鞦韆架

一隻蝴蝶歇腳

涼風驚翅，破靜

女孩雀躍，盪出風的心電圖

速寫牆外街衢一頁頁素描

6月5日

呂白水（KC Lu）
生活發想之詩人的稿紙

我的心　生下來

就是你的稿紙

你的一筆一劃

是我心跳的次數

6月6日

思語
剪短洋裝

這夏非常驚艷這天實在放閃
誰把路樹裝扮得花枝招展
雲今天放假閒散
街頭高跟鞋上腿變長

6月6日

魅咪（Sophia Su）

輸入法

遺忘筆順的手指

在他溽求紓解的痧背上

點　按　遊　疑

靉、愛、礙、隘、艾……

　　　　　　　6月6日

齊世楠
網路手機癮

科技鴉片嗎啡一時三刻不攝食

怎個心神繫念坐立難安

那般思之戀之難分難離

纏綿多　扯上失眠火大耐性差敵意強

6月6日

和權
紅泥小火爐

大雪紛飛　妳內心卻無比
溫暖。倦於流浪的人　終會
回來　靜坐於情愛的火爐邊

　　　　　　　6月6日

吳添楷

咱們是一串句號

溺水的人

被泡泡埋成一句已讀不回

真相如何

只有。。。。。。知道

6月7日

宇軒（Stephen Yap）
失聯

後來我懂了

大海撈針般尋你

是你要我證明

有多愛你的唯一方式

6月7日

張威龍
老巷

風，舔去風華
故事，都在陽光下打盹
尋夢的遊客
踩碎了黃昏

6月7日

林硯俞

分手

把手切斷　再見。

腳　踩踏相反方向　與你，

地上的血　連著　你說是紅線。

6月7日

于中
單車

總是那麼

年輕

滑動著

時代的巨輪

6月7日

西馬諾
詩人

天地分隔空氣
背後總聽到一顆顆星辰
綻放給羞怯的火焰

6月7日

李宗舜

震懾

犬吠蒼天

入耳鏗鏘

震懾寧靜的清晨

6月7日

林錦成

窟

山雨欲來，迂迴的
緊摟著閣樓笑意
如河蜆們涉水
——露出斧足

6月7日

邱逸華
腐殖質

輕言的悲愁、懺悔與憎恨

肥紅別家院裡的牡丹

提煉彼妒忌與怨謗的養分

濃綠我庭前蔽日之蔭

6月7日

吳昌崙
下班

號角一響

訓練有素的螞蟻

從各山頭傾巢而出

把一天的疲憊搬回家

6月7日

附註：截自〈下班〉一
　　　詩，2015年1月。

邱逸華
髮夾彎

也曾走過漂亮的路線

穿過水簾洞之後撞開整幢巍巖

一個急拐鬆了那綹髮

髮尾驚岩落石磊磊阻路

6月8日

吳昌崙
尾牙

今晚，年終獎金

如釋重負地收納進

妻的笑容裡

　　　　6月10日

附註：截自〈尾牙〉
　　　一詩，2015年
　　　2月。

王婷

在雨天的天空打卡

貓端坐在屋脊

雷聲夾著母親的預言

轟隆響起

雨。在童年中走來

6月10日

于中
浮世繪

小說靠口乖養活自己

散文在詞藻門前賣藝

詩默默無聞

冷不防會冒出一句野心

6月10日

成孝華
給O

一個擁抱深深的吻，跳火圈似的
最優美的夢的形狀
不忍戳破冥想的泡沫
你是容器，也是愛的出口

6月11日

邱逸華
情竇

春日的二瓣紅唇
瑪莉蓮夢露飛揚的素白湘裙
與D大調的瞳仁
都是緋櫻色的

6月12日

周郁穎
分手後的詩

你不能是散文或小說
必須是詩，陌生所有文字
藏匿一種怕被人看穿的
熟悉

　　　　　　6月12日

吳昌崙
郵輪奇幻之旅

基隆港原來是一床搖籃

鋪了陽光織就的暖被

哄睡一棟高樓大廈

枕著碼頭做起白日夢來

6月13日

附註：截自〈郵輪奇幻之
　　　旅〉一詩，2016年
　　　11月。

宇軒（Stephen Yap）
奢侈品

仿佛愛情是你多餘的脂肪

連我青春一併燃燒

6月15日

周郁穎
色盲

我分辨不出你的藍與他的綠

也看不清海報上的黃與群眾的紅

五彩斑斕的萬花筒裡

我的雙眼追隨留白的部分

6月15日

王松輝
雨了

雨了，滿街的雞落了湯
阿弟的傘，轎車裡撐起了一片天
興奮的雨鞋，跳起踢踏舞
玷汙了阿姨的莫羅‧伯拉尼克
（2017年6月16日）

6月16日

附註：莫羅‧伯拉尼克（Manolo
　　　Blahnik），世界十大名牌女
　　　鞋，是高跟鞋中的貴族

和權
失戀

傷口啊
人生方向的
指示牌

6月17日

呂白水（KC Lu）

曬衣服

柵欄般　　吊掛著

讓風得以乘隙吹過

陽光跑過　　將婚姻裡的嗟嘆

一件件地　　吹乾　　曬乾

　　　　　　　　6月17日

風客
低眉深處

凡是喧囂都輕浮

菩薩低眉

越是低到塵土最深處

越是紮實

（法國西南部馬爾芒德，2017年6月18日）

6月18日

蕭水順

其時，彰明大化中

太陽逐次在八卦山龍眼樹琢磨

一個一個的我　穿著風
穿過風

海潮靜靜　靜靜等待情人的喘息聲

6月18日

周郁穎

叮

皮膚得離你的指尖遠點

免得猝不及防

心開始發癢

　　　　　6月20日

蔡三少
待續

一枝筆勾住了月光
梅雨正在跟雲溝通
噢！請不要移動影子
我的紙想安靜一些

6月20日

洪錦坤
昨是今非

昨日悄然地隨著鐘聲走了

留下的我溶入今日

再鑄個我，好讓我上顏色

　　　　6月22日

胡淑娟

蚊子的控訴

一道光　把我摛至牆上

擊掌

流出寶血

只為了救贖一個黑夜

6月23日

張遠謀

要與愛

（無意象詩派之截句）
你要的時候不管你愛
你的要不是你的愛
你愛的時候不管你要
你的愛不是你的要

6月26日

王松輝
當我們相信美好

縱使黃昏不願離去

落日與彩霞終須一別

無月的夜，星總是特別白

一隻白鵝妝梳她的羽毛

6月29日

林錦成
瀑布

匯聚水之所有奔騰

心有懸念萬丈高樓

妳自孤絕處

向下揮舞最初的長袖

6月30日

莉健
封存

光陰的剪影輕輕落在水面上
由細縫裂出一聲聲低鳴
該是時候將愛情打撈上岸
看來我得重新醃漬記憶的傷

6月30日

截句競寫得獎作品

壹、【詩人節截句】限時徵稿
得獎作品十首

徵詩主題：「詩是什麼」

主辦：臺灣詩學季刊社

協辦：《聯合報・副刊》

策劃：facebook 詩論壇（https://www.facebook.com/
　　　groups/supoem/?fref=ts）

一、【評選說明】

1.初審由facebook 詩論壇各版主按規定收稿，淘汰不
　符及拙劣者，共收916首詩作。

2.複審請詩人靈歌及葉莎評選，計選出94首。

3.決審請詩人蕭蕭及白靈評選，計選出10首。

4.附帶說明：請10位作者近日內寄下基本資料至

　bailing936@gmail.com。

　（1）真實姓名（註明筆名）。

　（2）身分證字號。

　（3）通訊地址。

　（4）戶籍地址（須含里、鄰）。

　（5）如果希望直接撥到銀行戶頭，請告知帳戶號

　　　　碼、銀行、分行名、帳戶名。

二、【詩是什麼‧入選作品】
　　　（10首，按投稿本網頁先後序）

1. 蘇家立〈沉思〉

陽光在耳畔叫了一整天。

我把胸膛敞開散去所有陰影

眼眶浮著幾片荷葉

荷葉上有輕輕的雨滴

2. 張小舟〈詩變〉

你沒有怨念也沒有七巧玲瓏心
當然會陷入無英雄救美之地
被自己囚禁在孤獨邊境
成為井裡下一位貞子

附註：【原詩】〈貞子很忙〉
　　　　　——致w.w.
　　　　你從小就迷上網路把自己扮成貞子
　　　　爬出井外然後爬入虛擬世界遊戲
　　　　可是你還沒有完全學會一件事
　　　　就跑去學貞子幹跨域的勾當
　　　　你沒有怨念也沒有七巧玲瓏心
　　　　當然會陷入無英雄救美之地
　　　　遇到土匪霸淩便手足無措
　　　　而後被自己囚禁在孤獨邊境
　　　　最終成為井裡下一位貞子

3. 林彧〈結晶〉

螢火在星空下穿針引線
熄滅後，北斗指南
在時光的催化中
我的字句逐漸成了舍利子

4. 林廣〈詩是新芽〉

受潮的空虛種植不易
卻能　讓夢生出新芽
讓疲憊的靈魂在文字指壓中
得到深層的紓解

5. 綿綿〈詩與鍋瓢〉

柴米油鹽，搭乘詩羽翼
往有雲有風有鳥的樹蔭下冥思
句子，隔著鍋瓢溫度
細嚼慢嚥光陰的原味

附註：【原詩】〈詩與鍋瓢〉

　　　　（2016年8月23日，http://classic-blog.udn.com/njine999/71606316）

　　　　〈靜養〉〔短詩二首〕之一

　　　　柴米油鹽醬醋茶

　　　　疲累的腳步搭乘詩羽翼

　　　　往有雲有風有鳥的樹蔭下冥思

　　　　句子，隔著光陰

　　　　靜養在鍋瓢的溫度

　　　　細嚼慢嚥日子的原味

6. 劉曉頤〈無用之用〉

我撥開它，像溫柔地撥開一個亂世

遂有發亮小徑如肢體語言

附註：【原詩】〈請你支持我苟活〉

　　　　（《聯合報・副刊》，2017年3月26日）

　　　　苟活在堅實的杏仁核中

　　　　磷火閃過

真理的圍裙，黑夜鄉野的火車
我通透的普魯士藍心臟

苟活在低頭時，稚弱的頸椎
（搗碎一組脫殼的詞語）

無名指端枝椏的奮戰
嫩綠的血滴入黎明的渴
黃昏的圓酡
磨成晶屑，均勻灑進
廢棄教堂的野草堆
我撥開它，像溫柔地撥開一個亂世
遂有發亮小徑如肢體語言
通往私密的葡萄酒窖。我刻好了
橡木桶上那些隱喻
日常臺詞／果粒逆越的詭辯術

我行禮如儀，一個人
行酒令，譙賓客

用糖紙包裹斜陽側頸抹過的謎語
長出玫瑰般的小刺

用手掌捂熱——
戳印大小不一的傷口，伸向窗口
換取飼草，我榨欄裡的乳牛
喜歡星光斑駁而尚未懂得愛

我胸口的頹牆。你
支持我在這裡苟活
用體內的碎玻璃和花香
交換不祥的黃昏

波爾，現在你是我最後的力學
最後一杯
鏽斑的雨聲

7. 宇軒〈詩是讀到一半時候的你〉

讀到一半的時候，突然
你停頓。將書合上，站起來
摺扇緩緩揮動，此時陽光正好
一隻貓懶洋洋從門外進來

8. 孤鴻〈詩難解〉

一把鎖打不開，就安放在那兒
或許未來某神奇時刻
誰走過你身旁，誰唸了段咒語
在你心間插上一枚發光的鑰匙，瞬間鎖開

附註：【原詩】〈詩難解〉
　　　（〈乾坤詩刊〉第80期，2016年10月）

　　　一把鎖
　　　打不開，就安放在那兒
　　　或許未來某神奇時刻

誰走過你身旁，誰唸了段咒語

在你心間插上一枚發光的鑰匙

瞬間鎖開

也可能你窮極一生

都未等來那把鑰匙

但你定不會惋惜或懷疑——

很多鑰匙已主動找到你

替你打開了其他一些鎖

連同你的心

有的鑰匙長久有效

有的竟只能碰巧用一次

拿對鑰匙開對鎖太容易

可找不到鑰匙時也沒人能幫你

9. 賀婕〈射〉

那些為了講述愛而精煉的對話啊

發射後都忘得一乾二淨

慾望衝腦的時候我們都是最好的詩人

10. 小小〈塔上的話〉

都說是塔了
石頭裡開出的花
攀上最高
最高的神祕，與眾神對話

貳、【讀報截句】限時徵稿 得獎作品十首

主辦：臺灣詩學季刊社

協辦：《聯合報・副刊》

策劃：facebook 詩論壇（https://www.facebook.com/
　　　groups/supoem/?fref=ts）

1. 邱逸華〈無子浩劫〉

卵實力耗竭

喬蛋不力，空巢落落

損龜的青春濾泡

向停格的欲望死別

附註：「（潘朵拉星球）浩劫」，6月8日A5版下右；「（臺
　　　灣的）卵實力」，6月5日A6版上；「喬蛋」，6月9日
　　　A6版中左；「空巢（青年）」，6月12日A8版下左；

「（教獅子學）損龜的（微笑）」，6月12日C1版中左；「（人生）停格」6月13日A4中。

2. 于中〈變不變〉

香港回歸20年
我的詩一直在猶疑
到底變不變
那粵式的表達

附註：「香港回歸20年　變不變」，《聯合新聞網》，2017
　　　年6月24日。

3. 龍青〈虛驚〉

懸崖上練習倒立的人
也要學會催眠術
世事無非肉與骨頭
狼嚎犬吠蛙鳴，都是一場虛驚

附註：「王定宇擦槍走火　年改戰場變幹話大賽」，《聯合
　　　新聞網》，2017年6月23日。

4. 胡淑娟〈埋單〉

雲　　墜海

水來攤提

唯有山是前瞻的願景

由風　埋單

附註：「核四攤提2方案全民埋單」，2017年6月24日財經版
　　　A11上方。

5. 林瑞麟〈急診室外的大夫〉

我把報紙捲成長長的聽診器

探聽急診室的心肺

從彈跳的截句斷語，悠悠地

揣度他們疼痛的價值

附註：「長庚醫院急診室醫師集體離職相關新聞」，《聯合
　　　新聞網》。

6. 林易如〈詩的天空步道〉

怕跌落詩的懸崖

乘坐熱氣球，以空拍機讀詩

俯瞰詩詞養殖池像文蛤湯

爆人潮的詩裡，我只是買票入園的遊客

附註：「（懸崖）B1版中右方」；「（熱氣球）B1版右上方
　　　＋（空拍機）B1版右上方」；「（養殖池像文蛤湯）
　　　B1版中下方」；「（爆人潮）B1版左上方＋（買票入
　　　園）B1版右中方」。《聯合報》，B1全臺焦點新聞，
　　　2017年7月2日。

7. 邱文雄〈初老〉

老來徹夜未寐，這是

歷經滄桑歲月的福利

不捨你孤單寂寞，窗外尚有晨星數枚

靜靜把酒倒滿，何必驚動宇宙

附註：「（當媽的）徹夜未（眠）」，7月10日D1版；「不捨
你（憂鬱）孤單」，7月10日D2版下；「把酒倒滿」、
「何必驚動宇宙」，7月10日D3版。

8. 媜嫚〈強迫被愛〉

當自由被妥協

你把我塞進小說裡……

「讓我們從虛擬開始」

一路竄改　我的未來……

附註：「自由（貿易）被妥協」，7月9日A1版上方；「未
來」A2版上方；「（寫）進小說裡」7月10日B1版左
下；「讓我們從（永遠）開始」C1版左上。

9. 蘇家立〈公開透明〉

鏡子對路過的光喊話，杯葛留下的形影

所有裸露的現狀被迫改名，亟待鬆綁。

應鐵腕懲處我早已泡沫化的視覺

使天使翅膀飛出玻璃，重新替失序的天空洗牌

附註：標題「公開透明」，7月13日A2版上方；內文「（要如何）喊話，杯葛（如何）」，7月13日A4版上方；「（什麼）被迫改名」，7月13日A3上方；「亟待鬆綁」，7月13日A2右方；「應鐵腕懲處（什麼）」，7月13日A5左方；「（什麼）泡沫化（什麼）」，7月13日A11上方；「（如何）天使翅膀（如何）」，7月13日A12右下方；「（如何）重新（如何）洗牌」，7月13日A10版上方。

10. 林錦成〈無有之有〉

打結的鞋帶全鬆了

這一趟自由行

最引人側目遐思的是

你擁有一無所有

附註：「諾貝爾和平獎得主劉曉波病逝　王丹：一盞明燈熄滅了」，記者黃國樑，《聯合報》，2017年7月13日。

參、兩次截句競寫徵文辦法

【詩人節截句限時徵稿】

主辦：臺灣詩學季刊社

協辦：《聯合報・副刊》

策劃：facebook 詩論壇（https://www.facebook.com/
groups/supoem/?fref=ts）

一、**徵詩主題**：「詩是什麼」，題目可自訂。

二、**辦法**：徵1至4行的截句，可寫1到4行的詩創作形
式，也可截舊寫的詩挑出1到4行，截舊作需自己
作品並附原作及出處（刊名、網頁地址、書名、
出版社及年月等），需以中文寫作。歡迎參與競
寫投稿，不限多少首。請先加入「facebook 詩論
壇」社團，並直接貼上該版發表，一發表即不能

編改。其形式需置【詩是什麼截句】一詞於詩題前，詩題後並另加作者發表筆名。無法完全符合者，將不列入評審。

三、**徵稿時間**：5月5日上午8:00:00起至5月20日晚上11:59:59止。

四、**說明**：

1. 選出10首，經複審及決審兩級，於5月30日詩人節一次刊於《聯合報‧副刊》，由《聯副》支付每首稿酬1,000元。另於當日中午12時正公布並刊於「facebook 詩論壇」。稿件請勿抄襲，貼版後在公布評審結果前，不可再發表該作品於其他平臺網頁及個人網頁。

2. 入選10首詩將另載於臺灣詩學預定編印之《臺灣詩學截句選》一書，在年底25週年慶時出版，作者贈書乙冊，不另支轉載費。

3. 「截句」一詞自南朝即有，有一說截律詩而成絕句。此處借用此詞（大陸詩壇一度也曾借用），可新作，可截舊作，並稍潤飾。相關資

訊可請讀者上網，查詢「臺灣詩學季刊社」
的臉書創作版網頁「facebook 詩論壇」之置頂
文。

五、截句新作舉例：需完全符合下列形式，才列入
評審

【詩是什麼截句】〈詩是最好的情人〉／作者
名（必填）

捻響星光，送十斤海濤
煮三兩風聲，鑄造最靜的吵

你在它身上用盡全力
而不虞受傷

（若係截舊作，請將原作打字附在此處下方，並
註明【原作】及出處）

＊上述徵稿辦法，若有遺漏處，將隨時增修公布。

（2017/05/01）

【讀報截句限時徵稿】

主辦：臺灣詩學季刊社

協辦：《聯合報・副刊》

策劃：facebook 詩論壇（https://www.facebook.com/
　　　groups/supoem/?fref=ts）

一、徵詩主題：「讀報截句」，題目可自訂。

二、辦法：

　　1.徵1至4行的截句詩創作形式，可兩方向切入：
　　　（1）以6月1日至7月14日在《聯合報》或《聯
　　　合新聞網》（https://udn.com/news/index）上
　　　出現之政經、社會、運動、娛樂新聞為創作題
　　　材。（2）截取6月1日至7月14日出現在紙媒
　　　《聯合報》上任何版面的大小標題作基底（不
　　　限新聞標題，全詩總計至少有10字採用標題
　　　字，越多越妙，可不同月日），詩末需註明原
　　　標題是哪些字及其出處（如某月某日A3版左
　　　上方及B1版右下方等），可加潤飾或補足（具

原創性之標題宜加轉化，如下面所舉截句詩
例）。

2.均可自行命題，需以中文寫作。歡迎參與競寫
投稿，不限多少首。請先加入「facebook 詩論
壇」社團，並直接貼上該版發表，一發表即不
能編改。其形式需置【讀報截句】一詞於詩題
前，詩題後並另加作者發表筆名。無法完全符
合者，將不列入評審。

三、**徵稿時間**：6月23日上午8:00:00起至7月14日晚上
11:59:59止。

四、**說明：**

1.選出10首，經複審及決審兩級，於7月31日一次
刊於《聯合報‧副刊》，由《聯副》支付每首
稿酬1,000元。另於當日中午12時正公布並刊於
「facebook 詩論壇」。稿件請勿抄襲，貼版後在
公布評審結果前，不可再發表該作品於其他平
臺網頁及個人網頁。

2.入選10首詩將另載於臺灣詩學預定編印之《臺

灣詩學截句選》一書，在年底25週年慶時出
版，作者贈書乙冊，不另支轉載費。

3.「截句」一詞自南朝即有，有一說截律詩而成
絕句。此處借用此詞（大陸詩壇一度也曾借
用），可新作，可截舊作，並稍潤飾。相關資
訊可請讀者上網，查詢「臺灣詩學季刊社」的
臉書創作版網頁「facebook詩論壇」之置頂文。

四、**讀報截句舉例**：需完全符合下列形式，才列入
評審

【讀報截句】〈讀報〉／作者筆名

心跟著地球在眼球裡旅行
尺幅間，聚攏臺島拼盤世界

今早開門陽光便把微笑藏起來
看見臺灣自天空蓮花樣，墜毀

（「（藥如何）在（身體）裡旅行」6月13日B4

版上方＋「把微笑（收）起來」A13版上方＋
「看見臺灣」、「墜毀」6月11日A1版）
＊上述徵稿辦法，若有遺漏處，將隨時增修公布。
（2017/06/16）

作者索引（按發表月／日） 蕭郁璇整理

（因本選集中輯一至輯六的每首詩末均附月日，故索引如 01/12即1月12日，查詢詩作請按月份，如一月在輯一查詢 逐日尋索即可，二月在輯二，以此類推。「讀報截句」十 首及「詩是什麼」十首則見輯七，詩末並未另附月日）

臺灣詩學25週年　截句詩系15　PG2002

臺灣詩學截句選300首

編　　選／白　靈
責任編輯／辛秉學
圖文排版／周妤靜
封面設計／楊廣榕

發 行 人／宋政坤
法律顧問／毛國樑　律師
出版發行／秀威資訊科技股份有限公司
　　　　　114台北市內湖區瑞光路76巷65號1樓
　　　　　電話：+886-2-2796-3638　傳真：+886-2-2796-1377
　　　　　http://www.showwe.com.tw
劃撥帳號／19563868　戶名：秀威資訊科技股份有限公司
　　　　　讀者服務信箱：service@showwe.com.tw
展售門市／國家書店（松江門市）
　　　　　104台北市中山區松江路209號1樓
　　　　　電話：+886-2-2518-0207　傳真：+886-2-2518-0778
網路訂購／秀威網路書店：http://www.bodbooks.com.tw
　　　　　國家網路書店：http://www.govbooks.com.tw

2017年12月　BOD一版
定價：420元
版權所有　翻印必究
本書如有缺頁、破損或裝訂錯誤，請寄回更換

國家圖書館出版品預行編目

臺灣詩學截句選300首 / 白靈編選. -- 一版. --
　臺北市：秀威資訊科技, 2017.12
　　面；　公分. -- (截句詩系 ; 15)
　BOD版
　ISBN 978-986-326-496-5(平裝)

851.486　　　　　　　　　　106021302

讀 者 回 函 卡

感謝您購買本書，為提升服務品質，請填妥以下資料，將讀者回函卡直接寄回或傳真本公司，收到您的寶貴意見後，我們會收藏記錄及檢討，謝謝！
如您需要了解本公司最新出版書目、購書優惠或企劃活動，歡迎您上網查詢或下載相關資料：http:// www.showwe.com.tw

您購買的書名：＿＿＿＿＿＿＿＿＿＿＿＿＿＿＿＿＿＿＿＿＿＿＿＿＿＿＿＿

出生日期：＿＿＿＿＿年＿＿＿＿＿月＿＿＿＿＿日

學歷：□高中 (含) 以下　　□大專　　□研究所 (含) 以上

職業：□製造業　□金融業　□資訊業　□軍警　□傳播業　□自由業

　　　□服務業　□公務員　□教職　　□學生　□家管　　□其它＿＿＿＿

購書地點：□網路書店　□實體書店　□書展　□郵購　□贈閱　□其他

您從何得知本書的消息？

　　□網路書店　□實體書店　□網路搜尋　□電子報　□書訊　□雜誌

　　□傳播媒體　□親友推薦　□網站推薦　□部落格　□其他＿＿＿＿＿＿

您對本書的評價：(請填代號　1.非常滿意　2.滿意　3.尚可　4.再改進)

　　封面設計＿＿＿　版面編排＿＿＿　內容＿＿＿　文／譯筆＿＿＿　價格＿＿＿

讀完書後您覺得：

　　□很有收穫　□有收穫　□收穫不多　□沒收穫

對我們的建議：＿＿＿＿＿＿＿＿＿＿＿＿＿＿＿＿＿＿＿＿＿＿＿＿＿＿＿

＿＿＿＿＿＿＿＿＿＿＿＿＿＿＿＿＿＿＿＿＿＿＿＿＿＿＿＿＿＿＿＿＿＿＿

＿＿＿＿＿＿＿＿＿＿＿＿＿＿＿＿＿＿＿＿＿＿＿＿＿＿＿＿＿＿＿＿＿＿＿

＿＿＿＿＿＿＿＿＿＿＿＿＿＿＿＿＿＿＿＿＿＿＿＿＿＿＿＿＿＿＿＿＿＿＿

11466
台北市內湖區瑞光路 76 巷 65 號 1 樓

秀威資訊科技股份有限公司　　　收

BOD 數位出版事業部

....

（請沿線對折寄回，謝謝！）

姓　　名：_____　年齡：_____　性別：□女　□男

郵遞區號：□□□□□

地　　址：_____

聯絡電話：(日) _____　(夜) _____

E-mail：_____